Las aventuras de
MAXI,
el perro taxista

Las aventuras de
MAXI,
el perro taxista

Debra y Sal Barracca
Ilustraciones de Mark Buehner

Traducción de Osvaldo Blanco

Dial Books for Young Readers · Nueva York

Penguin Ediciones

Publicado por Dial Books for Young Readers / Penguin Ediciones
Divisiones de Penguin Books USA Inc.
375 Hudson Street
Nueva York, Nueva York 10014

Traducción de Osvaldo Blanco
Primera edición en español
1 3 5 7 9 10 8 6 4 2

Library of Congress Cataloging in Publication Data
Barracca, Debra. [The Adventures of taxi dog. Spanish]
Las aventuras de Maxi, el perro taxista / Debra y Sal Barracca;
ilustraciones de Mark Buehner; traducción de Osvaldo Blanco.
p. cm.
Summary: A stray dog in New York City is adopted by a taxi driver, with whom
he thereafter rides and shares adventures each day.
ISBN 0-8037-2009-2 (trade)
[1. Dogs—Fiction. 2. Taxicabs—Fiction. 3. New York (N.Y.)—
Fiction. 4. City and town life—Fiction. 5. Stories in rhyme.
6. Spanish language materials.] I. Barracca, Sal. II. Buehner,
Mark, ill. III. Blanco, Osvaldo. IV. Title.
[PZ74.3.B36 1996] [E]—dc20 95-43693 CIP AC

*Las ilustraciones se prepararon utilizando pintura al óleo
sobre acrílico; se hizo luego la selección fotográfica de color
y la reproducción en rojo, amarillo, azul y negro.*

Edición en inglés disponible en Dial Books for Young Readers

A todas las criaturas desamparadas y víctimas de abuso
en el mundo… Que encuentren paz algún día.

D.B. y S.B.

A mamá y papá

M.B.

Me llamo Maxi
    y todo el día ando en taxi
        por la ciudad de Nueva York.
Voy sentado junto a Jim,
    y aunque no siempre fue así,
        desde que Jim es mi amo vivo como un señor.

En la calle me crié,
    buscando al anochecer
        mi comida en la basura.
Sucio y hambriento vagaba,
    sin amigos, sin morada...
        ¡Qué vida de perros! ¡Qué vida tan dura!

Un día se detuvo un carro;
    una goma se le había pinchado.
        El conductor, con gorra y gafas,
se me acercó, cauteloso,
    y dijo, muy cariñoso:
        —¿Estás perdido? ¡Te llevaré a mi casa!

¡No podía creer lo que oía!
La cola agité de la alegría…
y pronto en el taxi me encontré.
—Mi nombre es Jim —me dijo, contento—.
Iría con él a su apartamento
y me daría algo rico para comer.

De tanto que comí quedé harto.
    ¡Me limpié todo el plato!
        Jim tomó un pañuelo, rojo como una cereza,
y al cuello me lo puso, entrelazado,
    tan feliz de haberme encontrado
        ¡que hasta un beso me dio en la cabeza!

Era como un sueño hecho realidad...
La vida de nuevo podía empezar.
Tenía el hogar que busqué por todo el mundo.
Tenía a alguien que por mí velaba,
alguien que era bueno y que me amaba.
¡Ya no sería más un perro vagabundo!

Jim me dijo: —Te llamaré Maxi.
Andarás conmigo en mi taxi.
Viajarás por toda la ciudad.
Verás las calles, las avenidas y los cruces,
los parques, los puentes y las luces,
un río a cada lado y en la punta el mar.

Ya en el taxi me dijo: —¡Hay tanto para ver!
Por todas partes tiendas, teatros y cafés,
y más gente que hormigas
en un hormiguero.
Puedes ver muchos lugares interesantes,
barrios pintorescos, paseos elegantes…
una nueva cara y un nuevo amigo
en cada pasajero.

Una vez subió una gran dama.
   Nos dijo que se llamaba Susana
      y que cantaba esa noche en una función.
Entonces la dama se puso a cantar
   y yo también canté, para acompañar...
      ¡Jim me dijo luego que yo cantaba mejor!

—¡Por favor! ¡Rápido, al hospital!
¡Mi esposa está muy mal!
—gritó un hombre cuando ante una luz paramos.
—¡Nuestro niño está por nacer!
Y Jim corrió como nunca lo había visto correr.
Llegamos a tiempo, pero... ¡qué noche pasamos!

A veces, si el trabajo es poco y lento,
   nos vamos al aeropuerto.
      En la parada de taxis nos quedamos a esperar
   nuestro turno para llevar pasajeros.
      Y comiendo perros calientes (¡que nada tienen de perros!)
      vemos a los aviones despegar y aterrizar.

La puerta de atrás abrieron
  y... ¿saben quiénes subieron?
    ¡Dos payasos y un mono llamado Atiza!
—Tenemos función en media hora
  y nuestro avión llegó con demora...
    ¡Llévenos al circo y, por favor, dése prisa!

Ustedes no se imaginan
   las generosas propinas
      que dan muchos pasajeros.
A Jim le sorprende tanta bondad,
   ¡porque él no me ve actuar,
      divirtiendo a la gente en el asiento trasero!

Al terminar la jornada,
que siempre está bien ganada,
llevamos el taxi al patrón.
Él nos dice —¡Hola! ¿Qué tal, amigos?
Pasa un rato jugando conmigo
y me da un bizcocho. (¡Tiene buen corazón!)

Somos grandes compañeros
y las calles recorremos
en alegre ir y venir.
Siempre en marcha Jim y yo.
Cada día una emoción...
¡Sube al taxi con nosotros y te vas a divertir!

ACERCA DE LOS AUTORES

Debra y Sal Barracca trabajan con numerosos ilustradores y autores
de libros para niños en su empresa, Halcyon Books. Ambos son neoyorquinos
de nacimiento y esta historia, *Las aventuras de Maxi,
el perro taxista,* fue inspirada por un viaje que hicieron en un taxi cuyo
conductor llevaba junto a él a un perro en el asiento delantero. Además de
este libro sobre Maxi, han escrito otros tres, publicados por Dial en inglés: *Maxi, the Hero,*
ilustrado por Mark Buehner, y *Maxi, the Star* y *A Taxi Dog Christmas,* ilustrados
ambos por Alan Ayers. Una parte de lo recaudado por la venta de
este libro será donada por los autores a *The Fund for Animals*
en Nueva York. Los Barracca viven en Somers, Nueva York, con su hija y su gato.

ACERCA DEL ILUSTRADOR

Mark Buehner se crió en Utah y se graduó en la Universidad del Estado
de Utah. Buehner trabaja como ilustrador independiente
y *Las aventuras de Maxi, el perro taxista* (Dial) fue su primer libro.
Entre las obras ilustradas por Buehner y publicados por Dial en inglés figuran
también *Maxi, the Hero* y cuatro libros escritos
por su esposa, Caralyn: *The Escape of Marvin the Ape; A Job for Wittilda;
It's a Spoon, Not a Shovel* y últimamente *Fanny's Dream.*
Actualmente vive con su esposa y cinco hijos en Salt Lake City, Utah.

22   10/05
31   3/10 (7/10)